U0058730

國家圖書館出版品預行編目資料

沒毛雞／陳致元 文圖 -- 第一版. -- 臺北市：
親子天下股份有限公司, 2024.06
40 面；21.5x29.15公分. --（繪本；361）
國語注音
ISBN 978-626-305-881-1（精裝）

1.SHTB: 社會互動--3-6歲幼兒讀物

863.599　　113005962

繪本 0361

沒毛雞

文圖｜陳致元

責任編輯｜謝宗穎　美術設計｜陳珮甄　行銷企劃｜翁郁涵

天下雜誌群創辦人｜殷允芃　董事長兼執行長｜何琦瑜
媒體暨產品事業群
總經理｜游玉雪　副總經理｜林彥傑　總編輯｜林欣靜
行銷總監｜林育菁　副總監｜蔡忠琦　版權主任｜何晨瑋、黃微真

出版者｜親子天下股份有限公司　地址｜台北市 104 建國北路一段 96 號 4 樓
電話｜（02）2509-2800　傳真｜（02）2509-2462　網址｜ www.parenting.com.tw
讀者服務專線｜（02）2662-0332　週一～週五：09:00~17:30
傳真｜（02）2662-6048　客服信箱｜ parenting@cw.com.tw
法律顧問｜台英國際商務法律事務所．羅明通律師
總經銷｜大和圖書有限公司　電話：（02）8990-2588

出版日期｜ 2024 年 6 月第一版第一次印行
定價｜ 400 元　書號｜ BKKP0361P　ISBN ｜ 978-626-305-881-1（精裝）

訂購服務

親子天下 Shopping ｜ shopping.parenting.com.tw
海外．大量訂購｜ parenting@cw.com.tw
書香花園｜台北市建國北路二段 6 巷 11 號　電話（02）2506-1635
劃撥帳號｜ 50331356　親子天下股份有限公司

立即購買 >

親子天下 Education · Parenting Family Lifestyle　親子天下 Shopping

親子天下 有聲故事書

沒毛雞

文圖　陳致元

在美麗的花叢裡，
靜靜的躺著一顆蛋。

有一天，

喀啦、喀啦，蛋破了！

跑出一隻全身沒有羽毛、

又瘦又小的雞。

是ㄕˋ一ㄧˋ隻ㄓㄜˋ沒ㄇㄟˊ毛ㄇㄠˊ雞ㄐㄧ！

風一吹，沒毛雞就著涼感冒了。

沒毛雞的鼻子對花粉過敏，
他不停的打噴嚏。

有一天，
孤單的沒毛雞看見四隻雞走出森林，
他們一身光鮮亮麗，
走路時，頭抬得高高的。
沒毛雞好奇的問：
「你們要去哪裡啊？」
四隻漂亮的雞，頭也不回的說：
「去划船！」

沒毛雞問：

「我可以跟你們一起划船嗎？」

四隻漂亮的雞看了看沒毛雞，回答說：
「喔不！我們不跟身上沒有
漂亮羽毛的雞一起玩！」
他們把頭抬得高高的，往湖邊走去。

沒毛雞很難過，

他含著淚水，

一不小心就被石頭絆倒，

跌入泥巴裡！

他全身沾滿黏糊糊的爛泥巴，

頭上套了一個空罐頭。

一陣強風吹來，

隨著風飛來的葉子和其他東西，

全都黏在沒毛雞身上。

沒毛雞覺得，

自己現在像極了剛剛那四隻漂亮的雞。

沒毛雞模仿他們， 把頭抬得很高很高，

往湖邊走去。

55
59
69

四隻雞正在划船，

他們看見岸上的沒毛雞，

大聲讚嘆：

「天啊！從來沒見過這麼漂亮的雞！

那頂帽子真是神氣！」

他們立刻把船划到岸邊，

邀請沒毛雞上船。

48
55
59
69

五隻雞擠在船上，

熱烈討論著誰最漂亮。

大家紛紛拍動翅膀，展示自己。

沒毛雞聞到四隻雞身上的香水味，

忍不住打了一個**大噴嚏**……

小船突然劇烈搖晃，

五隻雞嚇壞了，

驚慌的跳來跳去。

小船越搖越厲害……

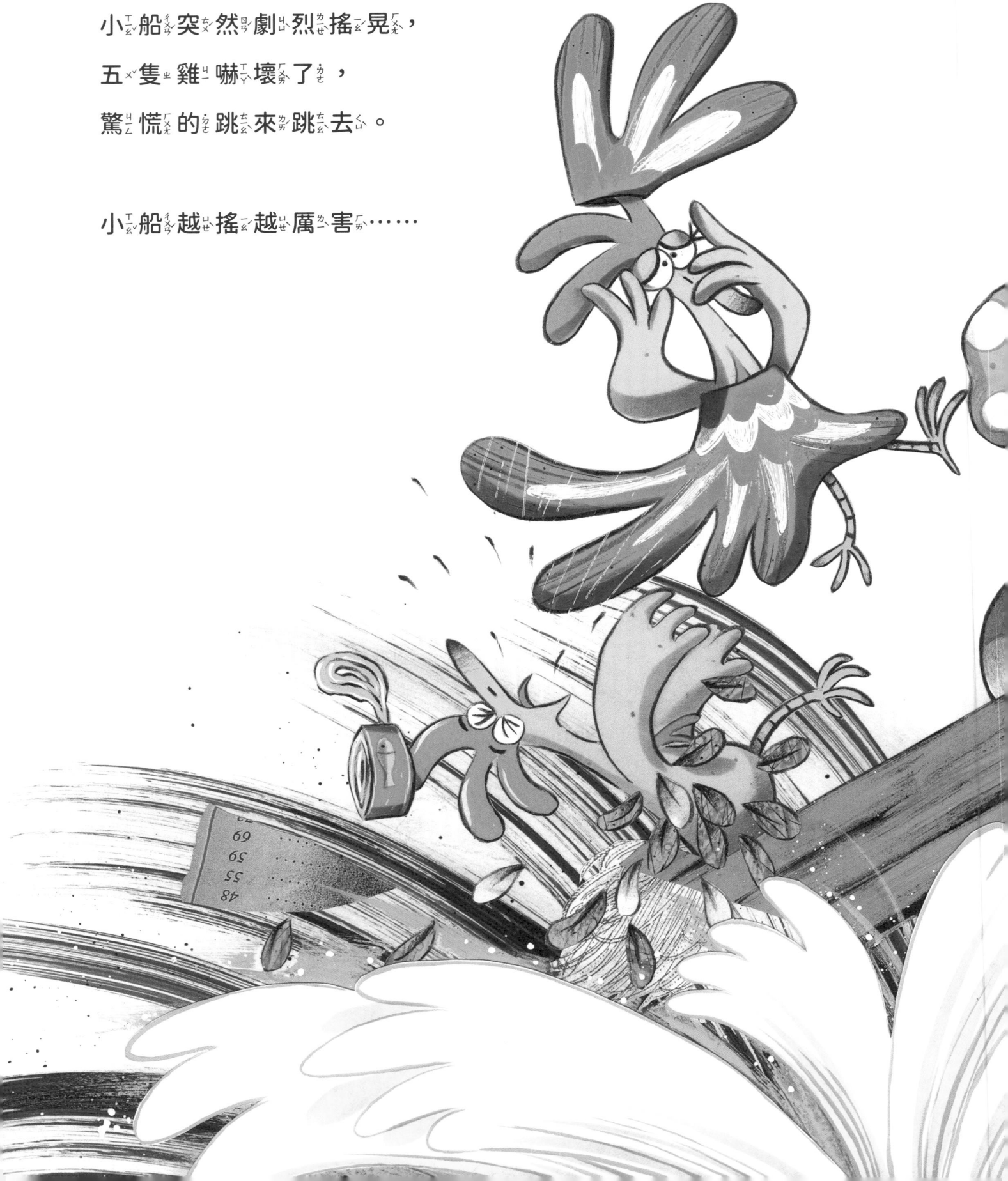

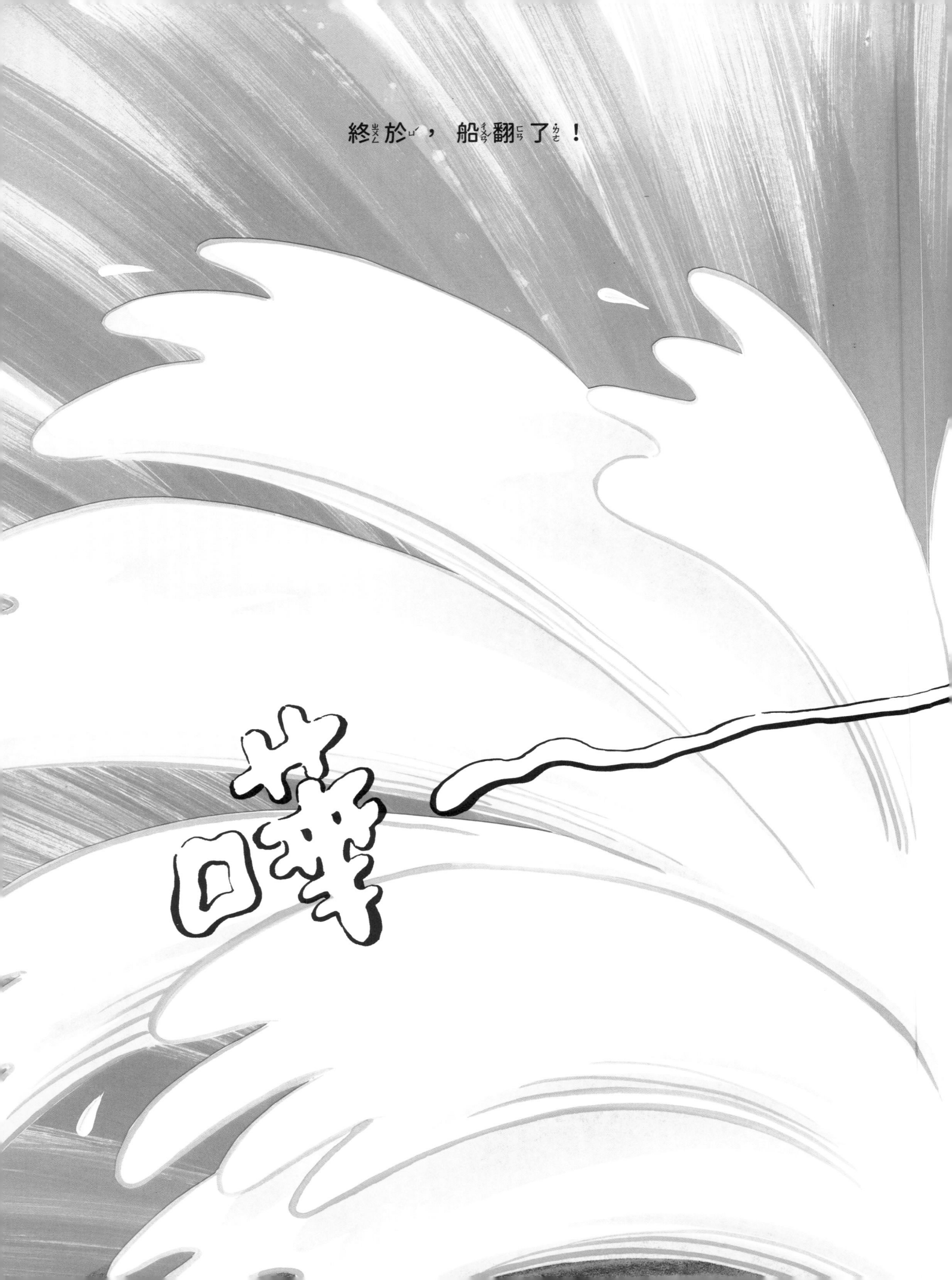
終於，船翻了！
轟

所有的雞都掉進水裡，
濺起巨大的水花。
吱吱！

湖面恢復平靜後，

慢慢浮出一樣一樣的東西。

第一個浮出水面的是沒毛雞，

原本黏在他身上的葉子全都不見了。

沒毛雞看見自己又變回光禿禿的樣子，

忍不住大叫：「喔，糟糕了！」

接著，

水面又浮出其他的東西……

竟然出現了一隻、兩隻、三隻、四隻！

總共有五隻沒毛雞！

大家驚訝的張大眼睛，

看著彼此光禿禿的身體。

沒毛雞忍不住笑了出來，

然後一隻接一隻，

五隻沒毛雞「咯咯咯咯」的笑成一團。

上岸後，大家把身上的水甩掉。

「嘿——」沒毛雞說話了，

「划船真好玩，明天再去划船好不好？」

四隻雞想了一下，說：「好啊！」

說完，五隻沒毛雞一起

往森林走去。